Analyse de l'œuvre

Par Nadège Castel Fillion

Homo deus, une brève histoire du futur

Noah Harari

Analyse de l'œuvre

Par Nadège Castel Fillion

Homo deus, une brève histoire du futur

Noah Harari

Rendez-vous sur
lepetitlitteraire.fr
et découvrez :

Plus de 1200 analyses
Claires et synthétiques
Téléchargeables en 30 secondes
À imprimer chez soi

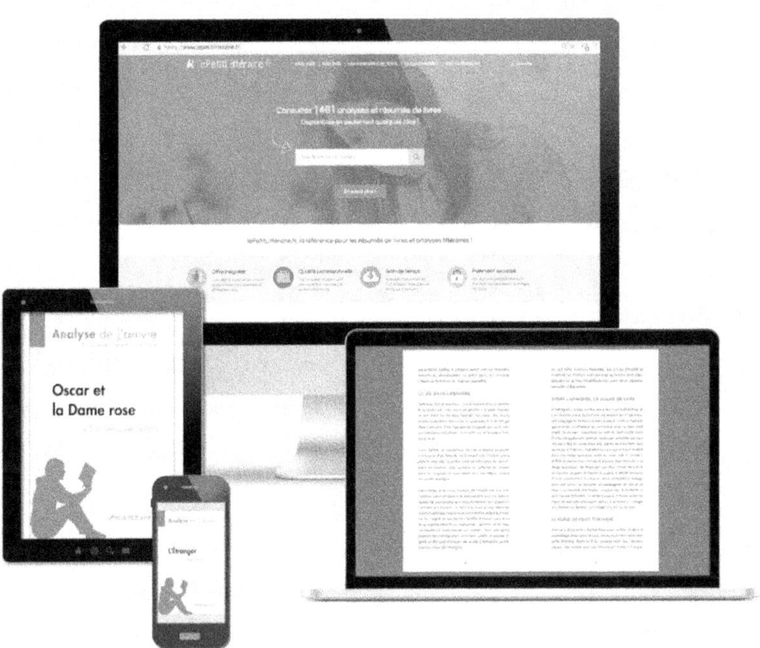

HOMO DEUS, UNE BRÈVE HISTOIRE DE L'AVENIR

ESSAI HISTORIQUE ET PHILOSOPHIQUE

- **Genre :** essai
- **Édition de référence :** *Homo Deus, Une brève histoire de l'avenir*, traduit de l'anglais par Pierre-Emmanuel Dauzat, Paris, Albin Michel, 2017, 463 p.
- **1ʳᵉ édition :** 2015
- **Thématiques :** histoire, société, politique, révolution cognitive, révolutions technologiques, biologie, animaux, éthique

Homo Deus, Une brève histoire de l'avenir est un essai à la fois historique et philosophique du professeur d'histoire Yuval Noah Harari, qui aborde des questions de société, d'économie et de sciences. Publié en 2017 (en français), il fait suite au premier essai et bestseller de l'auteur : *Sapiens, Une brève histoire de l'humanité* (2015).

Dans son deuxième livre, le professeur Harari retrace l'organisation des sociétés humaines avec l'élaboration de l'économie, les grandes philosophies politiques et idéologiques, mais aussi la façon dont l'homme a conquis le monde jusqu'ici, que ce soit à travers sa maitrise des technologies ou sa domination sur les animaux. Il fait le point sur l'exploration des limites de nos capacités cérébrales et sur l'état des avancées médicales quant aux soins et à l'amélioration de nos corps.

Développant l'idée que l'*Homo sapiens* est un concept révolu pour l'homme moderne, et que l'*Homo deus* est celui qui le remplacera, il examine ensuite les grands projets auxquels l'humanité sera confrontée tout au long du XXIᵉ siècle. Il questionne les grandes caractéristiques de la société humaine et comment celle-ci pourrait faire face aux nouveaux défis qu'elle s'impose. Les nanotechnologies, la biologie et le génie génétique sont autant de thèmes que l'auteur estime être au cœur de nos sociétés dans l'avenir, car ils définiront la nouvelle identité de l'humanité et sa nouvelle religion.

Depuis sa parution, comme *Sapiens*, *Homo Deus* s'est vendu à plusieurs millions d'exemplaires à travers le monde, et a été traduit dans plus de 65 langues.

YUVAL NOAH HARARI

HISTORIEN ET PHILOSOPHE ISRAÉLIEN

- **Né en 1976 à Haïfa, Israël**
- **Quelques-unes de ses œuvres :**
  - *Sapiens, Une brève histoire de l'humanité* (2015), essai
  - *21 leçons pour le XXe siècle* (2018), essai

Né en 1976 à Haïfa, en Israël, Yuval Noah Harari obtient un doctorat d'histoire à l'Université d'Oxford en 2002. Il enseigne comme maitre de conférences à l'Université hébraïque de Jérusalem.

S'il se spécialise d'abord dans l'histoire du monde, l'histoire médiévale et l'histoire militaire, il s'intéresse également aux recherches actuelles portant sur les grandes questions de l'histoire, notamment dans les rapports que l'homme entretient au monde, aux animaux, etc. Il interroge les sciences, les nouvelles technologies et l'éthique afin de comprendre les enjeux auxquels l'humain s'est toujours trouvé confronté et auxquels il sera encore confronté dans les années à venir. Ne prophétisant pas le futur, l'essayiste invite davantage à réfléchir sur le devenir de notre civilisation humaine.

Ses livres sont le fruit de ces interrogations et de ces constats. Vendus à plusieurs millions d'exemplaires et traduits dans 65 langues, suite à l'engouement qu'ils ont suscité auprès de grandes personnalités telles que Barack Obama et Bill Gates, ses livres sont plus que de simples bestsellers, mais des phénomènes de société.

Le professeur Harari a d'ailleurs reçu de nombreuses récompenses pour son travail.

Depuis, il donne régulièrement des conférences à travers le monde, participe à des émissions de télévision (BBC) et écrit pour de grands journaux comme le Guardian, le New York Times, The Wall Street Journal, The Economist, etc. Il a été consulté par de nombreux chefs d'État européens et asiatiques et a prononcé le discours inaugural du Forum économique de Davos en 2018 et en 2020.

RÉSUMÉ

Yuval Noah Harari commence par présenter les trois maux qui ont fait des millions de victimes parmi les hommes, à travers les siècles : la famine, les épidémies et les guerres. Aujourd'hui, puisqu'ils sont maitrisés, l'homme a de nouvelles priorités : vaincre la mort, obtenir le bonheur et atteindre la divinité. L'*Homo sapiens* se dirige donc vers l'*Homo deus*, mais il faut d'abord comprendre ce qu'il est.

- *Homo sapiens domine le monde*

L'homme moderne domine le monde : on parle d'« anthropocène » pour désigner la période dans laquelle nous vivons. En effet, l'humanité est la seule espèce capable d'impacter l'écologie globale.

Les premières religions étaient agricoles : les dieux surpassaient les hommes. Les révolutions scientifiques ont cependant créé une nouvelle religion : l'humanisme qui pose l'idée que l'homme a une essence sacrée et unique et que tout ce qui arrive dans l'univers n'est considéré qu'en fonction de lui.

Pendant la Préhistoire, l'homme a domestiqué les animaux au mépris d'ailleurs de leurs besoins subjectifs : leurs émotions. Quelle est la nature des émotions ? Ce sont des algorithmes biochimiques vitaux pour la reproduction et la survie (l'algorithme est une méthode de calcul). Tous les mammifères n'ont pas les mêmes émotions, cependant l'une d'elles est constante : le lien mère-enfant. Alors que les pratiques contre les animaux sont de plus en plus dénoncées, le jour où l'intelligence artificielle sera plus puissante que l'homme, celui-ci aura-t-il moins de valeur ?

Ce qui expliquerait notre domination serait « l'étincelle humaine » qui serait :

- soit l'âme éternelle, mais elle est décriée par les scientifiques ;
- soit la conscience, mais elle n'est pas une entité éternelle, plutôt un flux d'expériences subjectives faites de sensations, d'émotions et de pensées, qui serait créée par des réactions électrochimiques dans le cerveau. La conscience pourrait donc être comme l'âme et Dieu : un concept creux. Certaines sensations sont cependant tangibles comme la douleur. Pour certains chercheurs, celle-ci remplirait une fonction morale et politique sans avoir de fonction biologique.

De plus, la science a distingué expériences mentales conscientes et activités cérébrales non conscientes. Dès lors, il a été reconnu que des animaux ont des substrats neurobiologiques de la conscience. De nombreux pays les ont légalement reconnus comme des êtres sensibles ;

- soit notre capacité à coopérer en masse et en souplesse : par nature, l'homme obéirait à une logique économique sociale gouvernée par les émotions.

Les sociétés reposent alors sur un ordre imaginaire, source du pouvoir de l'homme, c'est-à-dire sur un ensemble de règles réelles et fondamentales auxquelles les humains adhèrent, appartenant à la dernière des trois réalités qui nous habitent :

- ○ la réalité objective : les choses existent indépendamment des croyances et des sentiments ;
- ○ la réalité subjective : elle relève des croyances et des sentiments ;
- ○ la réalité intersubjective : une croyance collective – qui s'appuie sur la communication entre hommes – crée les fictions humaines (l'argent, les idéologies, etc.).

• *Homo sapiens est devenu sens*

Des entités intersubjectives ont conquis le monde : la théocratie, l'écriture et l'argent, puis la bureaucratie et l'impôt, qui ont repoussé les limites de l'esprit humain et du traitement de données. Tous ces moyens ont permis la création de puissantes fictions humaines. Souvent très élaborées, elles sont vitales pour la société et servent des intérêts fictifs.

La religion est un outil de préservation de l'ordre social en favorisant la coopération à grande échelle. La science a cependant remplacé les mythes par des faits et a rejeté le grand dessein cosmique divin : l'univers serait dépourvu de sens. La religion et la science sont alors soit ennemis jurés, soit deux domaines séparés : alors que la religion s'intéresse à l'ordre et aux valeurs, la science s'intéresse au pouvoir et aux faits.

La société moderne a fait un compromis entre la religion et la science, créant ainsi l'humanisme. L'homme n'a jamais eu autant de pouvoir et, alors que Dieu est mort (Nietzsche, philosophe allemand, 1844-1900), la société ne s'est pas effondrée. Pour combler ce vide, l'homme est devenu source de sens et son libre arbitre source d'autorité suprême grâce à l'humanisme. Pour accéder au savoir authentique et à l'autorité, la société humaniste se base sur les expériences et la sensibilité. Les principes humanistes reposent sur ces devises :

- En éthique : si ça fait du bien, fais-le ;
- En politique : l'électeur sait mieux ;
- En art : la beauté est dans l'œil du spectateur ;
- En économie : le client a toujours raison.

L'humanisme s'est divisé en trois grandes branches :

- L'humanisme libéral : il obéit aux devises énoncées ;
- L'humanisme socialiste : il célèbre les expériences collectives non individuelles (marxisme, etc.) ;
- L'humanisme évolutionniste : il suit la théorie de la sélection naturelle de Charles Darwin (naturaliste et paléontologue anglais, 1809-1882) : certains hommes sont supérieurs à d'autres (à son paroxysme, le nazisme).

Selon l'auteur, l'histoire est façonnée par des petits groupes de visionnaires comme Marx (philosophe allemand, 1818-1883), car ceux-ci se sont efforcés de comprendre les réalités techniques et économiques de leur temps. Les visionnaires du XXIe siècle auront des capacités de création divine alors que les autres subiront l'extinction.

- *Homo sapiens perd son sens*

Si les libéraux apprécient tant la liberté, c'est parce qu'ils attribuent à l'individu un libre arbitre, mais les chercheurs affirment qu'il n'existe pas : il n'y a pas d'essence intérieure appelée « soi », seulement un flux de conscience. Les hommes ne sont pas des individus (in-dividu ou une unité), mais des dividus.

Selon les neurosciences, deux « moi » nous donnent identité et sens, et non le libre arbitre :

- un moi expérimentateur ;
- un moi narrateur qui interprète les expériences et qui ne se souvient que du moment fort et du moment final. La plupart de nos choix critiques viennent de lui.

De plus, le libéralisme présente plusieurs menaces pour l'humanité :

- le système n'accordera plus d'importance aux êtres, car ils vont perdre leur valeur économique et militaire puisque des technologies les remplacent déjà progressivement ;
- il ne se préoccupera que de la collectivité, mais une intelligence artificielle remplacera les masses dans de nombreux domaines. La science répond que les organismes sont des algorithmes, façonnés par l'évolution, mais les algorithmes non organiques peuvent avoir autant d'aptitudes que les algorithmes

organiques. L'intelligence artificielle est capable de création artistique, d'exercer des métiers médicosociaux et de voter dans un conseil d'administration. Les entités intersubjectives ont déjà une personnalité morale au regard du droit comme les entreprises, les pays, les organisations..., alors pourquoi pas les algorithmes ? De plus, les gens s'en remettent de plus en plus aux machines. Ils font partie d'un immense réseau global dominé par les réseaux sociaux et les assistants personnels qui reçoivent les données personnelles – sans doute les ressources du XXIe siècle les plus précieuses – gratuitement !

- il accordera de la valeur à une élite de surhommes qui aura accès aux nouvelles avancées scientifiques et médicales grâce aux biologistes qui ont saisi les algorithmes et abattu les frontières entre organique et informatique.

Les croyances libérales s'effondreront, mais alors quelle nouvelle idéologie remplira le vide ? La nouvelle religion viendra des centres de recherches d'où les nouveaux « gourous » promettront – comme les divinités antiques – les anciennes récompenses (bonheur, immortalité, etc.).

Deux tendances apparaissent :

- le technohumanisme : l'*Homo deus* sera créé avec des capacités mentales et physiques améliorées pour se défendre contre des algorithmes non conscients plus sophistiqués, mais, comme la volonté et l'expérience sont la source humaine de l'autorité et du sens, s'imposer devant ces technologies sera impossible ;

◦ la religion des données ou « dataïsme » : « l'univers consiste en un flux de données et sa contribution au traitement des données détermine la valeur de tout phénomène ou entité » (p. 395). Les hommes, les sociétés et les structures politiques sont des systèmes de traitement de données, mais des révolutions techniques pourraient dépasser la politique.

Dans cette religion, il faut maximiser les flux, car la liberté de l'information est désormais le bien suprême. Les gens veulent faire partie du flux de données même si cela signifie renoncer à leur vie privée, leur autonomie et leur individualité. Le partage des expériences devient la source de tout sens et la collaboration remplace le travail individuel.

Le monde « datacentrique » (p.419) n'est pas anti-humaniste, mais « l'internet de tous les objets » (p. 409), nouveau système de traitement des données performant, pourrait créer des flux de données si immenses et si rapides que même des algorithmes humains augmentés ne pourraient pas les gérer.

Mais peut-être découvrirons-nous que nos organismes ne sont pas des algorithmes, cependant l'auteur avertit que le dataïsme pourrait devenir une grande religion, d'autant qu'elle se propage à toutes les disciplines scientifiques.

Elle accélèrera la quête de la santé, du bonheur et du pouvoir, mais, tandis que l'autorité passera de l'homme aux algorithmes, cette quête deviendra de moins en moins pertinente. Les hommes ne seront plus qu'une ondulation dans le flux de données...

ÉCLAIRAGES

Homo Deus, Une brève histoire de l'humanité fait suite au premier opus de Yuval Noah Harari, *Sapiens, Une brève histoire de l'humanité*. Dans les titres de ses essais, l'auteur fait un clin d'œil au livre *Une brève histoire du temps* de l'astrophysicien Stephen Hawking (1942-2018) paru en 1998.

Sapiens, Une brève histoire de l'humanité a été plébiscité entre autres par Barack Obama (44e président des États-Unis de 2009 à 2017), Bill Gates (informaticien et entrepreneur, fondateur de Microsoft) et Mark Zuckerberg (informaticien et entrepreneur, cofondateur de Facebook). Il a été vendu à plus de 21 millions d'exemplaires et traduit dans plus de 65 langues.

Fort de ce succès, la suite de cet essai, *Homo Deus, Une brève histoire de l'avenir*, reprend ces grands thèmes et développe la thèse du surhomme. L'auteur insiste sur le rôle des nouvelles technologies et surtout du génie génétique et des nanotechnologies. Il s'inquiète de la puissance latente de l'intelligence artificielle déjà si présente sous sa forme simple d'algorithmes, un peu partout dans notre vie quotidienne et là où ne l'attend pas, comme dans les arts ou les soins médicaux.

Pour la rédaction de son premier ouvrage, Noah Yuval Harari a dû enquêter sur le traitement des animaux dans l'industrie alimentaire, toutefois la façon dont les animaux sont traités dans les fermes intensives l'a choqué au point de lui faire adopter un régime végétalien. En réaction à la modernité qu'il dénonce, il a choisi de vivre dans une coopérative agricole près de Jérusalem avec son mari et pratique quotidiennement une forme de méditation bouddhique.

Dans son deuxième ouvrage, comme Stephen Hawking étudie l'histoire de l'univers, le professeur d'histoire retrace le parcours de l'humanité en cherchant à comprendre ce qui a déterminé la supériorité de l'homme sur la nature depuis la Préhistoire jusqu'au début du XXIe siècle :

- l'homme dominerait le monde parce qu'il est le seul animal à être capable de coopérer en masse : cette coopération lui a permis de tisser un réseau toujours plus grand dans le monde depuis la révolution agricole et d'assurer ainsi sa suprématie ;

- en outre, l'homme est également le seul animal capable d'imaginer des entités fictives pour alimenter cette coopération, pour l'assurer et la faire prospérer. Ces fictions sont les dieux, les religions associées, l'argent, les droits de l'homme, les structures politiques comme les régimes politiques (la démocratie, etc.), les systèmes économiques tels que le capitalisme, etc.

L'ouvrage tâche de comprendre le passé de l'homme pour mieux saisir son présent et ainsi parvenir à entrevoir ce que pourrait être son avenir. Ce faisant, d'une manière inédite, il raconte l'histoire de l'humanité en abordant des thèmes et des théories relevant de plusieurs disciplines distinctes. Celles-ci sont issues tant des humanités (histoire, philosophie, sociologie, etc.) que des sciences (biologie, génétique, etc.). Il aborde aussi des problèmes d'économie et fait l'état des lieux des nanotechnologies tout en questionnant l'éthique.

L'un des enjeux de l'œuvre de Harari est de comprendre que, malgré les processus clés qui ont façonné l'humanité, malgré la domination de l'*Homo sapiens* sur les animaux, malgré la confiance dans le capitalisme, religion acceptée par tous, et dans l'argent, malgré sa puissance dans de nombreux domaines, l'homme moderne n'est pas plus heureux que les chasseurs-cueilleurs de la Préhistoire et il pourrait se voir détrôné.

En effet, si tous ces thèmes préoccupent tant l'auteur au début du XXIe siècle, c'est parce qu'il fait le constat que les grands mythes d'autrefois ont disparu au profit de nouvelles idéologies technologiques où l'homme n'est plus seulement remplacé dans les usines, mais aussi dans de multiples aspects de la société. Le professeur d'histoire craint que l'*Homo sapiens* ne soit remplacé par un *Homo deus*, c'est-à-dire par un homme aux capacités augmentées, un être qui serait semblable aux dieux anciens des polythéismes, et que le transhumanisme ne devienne la norme.

Aussi son propos n'est-il pas tant de faire le constat des grands mouvements de l'histoire humaine que d'inviter à réfléchir et à faire débattre ses lecteurs. L'historien voit son œuvre comme un manifeste politique et non comme une succession de prédictions. Si l'étude de l'histoire nous permet de comprendre les erreurs du passé et d'apporter des éclairages sur les raisons de ces erreurs, elle nous accorde aussi la possibilité de ne pas les répéter, d'agir avec prudence et de se libérer des grands maux dont l'humanité a pu souffrir. L'auteur se perçoit alors comme un lanceur d'alertes.

Dans son troisième opus, *21 leçons pour le XXIe siècle*, publié en 2018, Yuval Noah Harari s'arrête pour examiner les plus grands défis et choix de notre époque. Après avoir exploré le passé puis le futur dans ses deux premiers livres, il s'attache à poser les questions qui taraudent ses lecteurs contemporains quant à la politique, l'économie, Dieu, la société et les invite encore une fois à réfléchir, mais cette fois, sur leur engagement personnel pour le monde de demain.

CLÉS DE LECTURE

LE SURHOMME ET LA MORT DE DIEU

Yuval Noah Harari écrit plusieurs fois dans son ouvrage que « Dieu est mort » pour signifier que le temps des croyances en des religions du passé est révolu. Cette assertion est également une référence à Nietzsche qu'il cite souvent, et qui a lui aussi développé l'idée d'un « surhomme ».

Friedrich Nietzsche (1844-1900) est un philosophe et philologue allemand qui a profondément marqué l'histoire de la pensée occidentale à travers des écrits comme *Le Gai Savoir* (1882), *Ainsi parlait Zarathoustra* (1883-1885) ou encore *Ecce Homo* (1888).

Dans *Le Gai savoir* qui est composé d'aphorismes, le philosophe annonce la mort de Dieu : cette assertion provocante, dans une Europe croyante et non laïque, met en avant un paradoxe qui va au-delà du simple athéisme. Dieu, en tant que tel, est un être immortel : s'il meurt, c'est qu'il ne l'était pas. Il était une création éphémère et humaine.

Dans l'aphorisme n° 125, Nietzsche met en scène un personnage muni d'une lanterne allumée en plein jour, qui crie dans la rue et qui demande où est Dieu. Des passants athées se moquent de lui, lui répondent avec ironie et le prennent pour un fou. Le personnage se retourne alors contre eux et les invective en leur criant que les hommes ont tué Dieu, qu'ils sont ses assassins. Si Dieu n'existe plus, c'est qu'il est mort. Le fou voit cependant dans cet acte une grandeur qui dépasse la condition de l'homme : cet évènement grandiose ne détruit pas un système de pensées et de pratiques, mais remet en question l'homme.

Suite au meurtre de Dieu, l'homme doit se dépasser. En effet, la perte de Dieu provoque l'effondrement des valeurs traditionnelles, des repères (comme le juste, le vrai, le bien, etc.). L'égarement de l'homme insensé, l'obscurité symbolique dans laquelle il est plongé, justifie le fait qu'il avance avec une lanterne allumée en plein jour afin de savoir ce qu'il faut croire, faire, etc.

L'histoire de l'humanité est tout entière bouleversée par cette révélation : l'homme doit alors se réinventer pour être à la mesure de l'avenir et se redéfinir. Il deviendra alors un surhomme.

Selon Harari, si Dieu est mort, c'est parce que la science a détruit les fictions religieuses et mythologiques. Le surhomme est, quant à lui, l'homme qui verra, non pas son être fondamental redéfini, mais ses capacités cognitives et physiques augmentées afin de se fondre dans la société hyper informatisée du futur.

LES TROIS HUMANISMES : LE LIBÉRALISME, LE SOCIALISME ET L'ÉVOLUTIONNISME

Yuval Noah Harari divise l'humanisme en trois branches : le libéralisme, le socialisme et l'évolutionnisme. Les deux derniers découlent du premier, l'un étant son pendant politique de gauche, l'autre son pendant politique de droite.

- *Le libéralisme*

Le libéralisme trouve son origine dans les écrits philosophiques et économiques de penseurs anglais – John Locke (1632-1704) –, écossais – Adam Smith (1724-1790) – et français – Montesquieu (1689-1755). Ceux-ci réfléchissent contre la monarchie absolue dans laquelle le roi ou la reine détient tous les pouvoirs d'une manière arbitraire, et plaident pour un État au pouvoir limité.

Le libéralisme est, en effet, une doctrine politique et un système économique qui préconise que les acteurs de la vie économique, c'est-à-dire les producteurs et les consommateurs, soient directement en relation et soient libres de poursuivre leurs intérêts particuliers. Ils doivent jouer le jeu de la concurrence qui est extrêmement bénéfique pour le marché. Dans ces conditions, les libéraux s'opposent aux interventions de l'État et sont favorables à la démocratie, car, avec la séparation des pouvoirs théorisée par Montesquieu (le pouvoir législatif, le pouvoir judiciaire et le pouvoir exécutif), elle est le régime qui limite le pouvoir de l'État.

John Locke défend les droits propres à chaque individu, qui existent en dehors même de toute structure politique, et défend en particulier le droit de la propriété. Dans son *Traité du Gouvernement civil* (1690), il revendique pour chacun un droit absolu de propriété sur sa propre personne, mais également sur toutes les choses qu'il possède, travaille, transforme, etc. Ce droit de propriété illimité inspira par la suite les rédacteurs de la Constitution américaine de 1787.

Dans *Recherches sur la nature et les causes de la richesse de la nation* (1776), Adam Smith défend la première théorie du marché concurrentiel. Celui-ci est perçu comme un ordre autonome, détaché de l'autorité étatique et de la morale. Les intérêts particuliers et les intérêts généraux se trouvent ainsi satisfaits grâce à l'effet d'une « main invisible », la main invisible du marché. Harari reprend l'image de la main invisible pour dénoncer le fait qu'elle est aussi aveugle et qu'elle pourrait rester passive devant les menaces écologiques (le réchauffement climatique) au nom du « toujours plus » cher au capitalisme. Il détourne également l'expression pour l'associer au flux de données, nouveau marché selon lui.

Les idées libérales émergent surtout après les grandes révolutions américaine et française du XVIIIe siècle :

- en France, dès le tout début du XIXe siècle, le libéralisme va changer d'orientation. Il appuie sur le fait que la société doit être libérale, mais en aucun cas le pouvoir ne doit échoir aux masses : la démocratie pourrait déboucher sur une tyrannie du peuple aussi absolue que celle des monarques déchus. Il se positionne également contre les revendications collectivistes au profit des travailleurs (règlementation du droit du travail, socialisation de la propriété, etc.) et s'oppose alors aux prémices du socialisme. Dans la même logique, il rejette l'idée d'un État-providence, incompatible avec la liberté du marché et la liberté des volontés de chacun. Aussi, pour le libéralisme pur, l'égalité n'est-elle que l'égalité des droits et non l'égalité sociale ;

○ aux États-Unis, le *liberalism* est, au contraire, associé à la gauche et à la sociale démocratie.

• *Le socialisme*

Le socialisme est apparu dès le début du XIXᵉ siècle – le mot apparaissant pour la première fois dans les journaux français en 1830 – en réaction aux conditions de vie des travailleurs salariés pendant la révolution industrielle. Il définit les doctrines remettant en cause la primauté des intérêts particuliers sur l'intérêt collectif et se donnant pour but la disparition des inégalités sociales. Les penseurs qui le théorisent et le défendent tout au long du XIXᵉ siècle cherchent une alternative au capitalisme libéral.

○ Les premières théories socialistes imaginent des organisations collectivistes de la production et de la vie sociale et même familiale parfois. Ces organisations prennent place dans des cités, des coopératives ou de petites unités sociales indépendantes : pour Charles Fourier (1772-1837), il s'agit de

« phalanstères » qui permettent une vie en communauté harmonieuse. D'autres socialistes imaginèrent également des coopératives idéales en Angleterre ou en France comme Robert Owen (1771-1858), Étienne Cabet (1788-1856), etc., alors que d'autres pensèrent à un meilleur ajustement des hommes au système comme Saint-Simon (1760-1825). Marx (philosophe allemand, 1818-1883), qui méprise ces idées, les regroupe sous le nom de « socialisme utopique » ;

- Une autre forme de socialisme imagine également une coopération sociale qui s'étendrait à toute la société reposant sur l'association des producteurs, l'abolition de la propriété et où il n'y aurait ni autorité religieuse ni autorité politique (donc pas d'État). Il s'agit de l'anarchisme, théorisé en France par Proudhon (1809-1865) ;
- Le troisième socialisme est celui issu de la critique des deux premiers et qui est pensé comme un socialisme scientifique par ceux qui le mirent au point : Marx et Engels (philosophe allemand, 1820-1895). C'est celui que cite Yuval Noah Harari dans son œuvre. Ce socialisme, appelé aussi communisme, s'appuie sur le parti ouvrier qui se structure autour du syndicat pour appuyer son système politique. Le socialisme s'installe dans la vie politique des pays européens dès le début du XXᵉ siècle. La révolution bolchévique de 1917 en Russie et les principes qui animent les activistes socialistes, dont Lénine (penseur russe, 1870-1920) qui l'ont menée, sont considérés par les socialistes européens comme une trahison des propositions de Marx. L'idéologie soviétique est dès lors appelée

marxisme-léninisme et s'enfonce dans une bureaucratie communiste.

Quant aux socialistes de l'Europe de l'Ouest (ou sociaux-
démocrates), s'ils demeurent fidèles aux idées de col-
lectivisation des moyens de production, ils imaginent
des solutions qui s'inscrivent dans la démocratie re-
présentative, grâce à la nationalisation des moyens de
production, au coopérativisme, etc. Les partis politiques
défendant ces idées finissent par se faire représenter
dans les chambres parlementaires et par arriver au pouvoir. En France, dès 1936, cela se manifeste par la semaine
de 40 heures, les congés payés et des nationalisations.
Le socialisme est désormais une idéologie politique plus
soucieuse de justice sociale que le libéralisme.

À la fin du XXe siècle, l'héritage marxiste s'efface au fur
et à mesure du temps, au profit d'une doctrine plus
nuancée où le mot « révolution » disparait et où le
capitalisme n'est plus diabolisé. Cette rupture se fait plus
forte encore lorsque le bloc communiste s'effondre avec
la fin de l'URSS en 1991 (et avec la chute de nombreux
régimes communistes de par le monde). Comme le souligne Harari, la Chine, encore officiellement communiste,
n'en a plus que le nom puisqu'elle participe clairement à
l'économie de marché.

• *L'évolutionnisme*

L'auteur d'*Homo deus* définit l'évolutionnisme comme
un humanisme, mais dont le but serait la perpétuation
d'hommes plus forts, dotés de meilleures capacités et

d'une intelligence supérieure. Inspiré par la théorie de la sélection naturelle de Charles Darwin, naturaliste et paléontologue anglais (1809-1882), cet humanisme pose l'idée que le conflit entre humains est une bonne chose qui permet cette sélection des meilleurs êtres de l'espèce. Ce tri permet à l'humanité d'engendrer des humains qui deviendront des surhommes.

Malheureusement, cet évolutionnisme humain a posé des problèmes éthiques et dans l'histoire, notamment au XXe siècle en Europe, il est à l'origine de nombreux massacres et génocides. Celui qui a fait le plus de victimes est le nazisme ou « national-socialisme ».

Hitler (1889-1945), dirigeant du parti nazi et de l'Allemagne de 1933 à 1945, a instauré une politique raciste, violente et radicale à l'égard des humains qu'il jugeait impurs. Il expose dans son livre *Mein Kampf* (1925) le fait qu'il existe plusieurs races humaines inégales entre elles et que seul l'Allemand a le sang le plus pur puisqu'il appartient à la race aryenne. L'Aryen est un descendant des peuples nordiques premiers dont il doit retrouver et conserver la pureté originelle. Cette inégalité des races découle des propos darwiniens et conduit à dénigrer le métissage qui mène à la décadence de la race. Hitler invite alors le peuple allemand à purifier ses rangs afin de retrouver sa grandeur. Les juifs, les handicapés, les homosexuels, les peuples métissés ou dits inférieurs, sont à éliminer dans la perspective hitlérienne. La hargne nazie fait des millions de victimes en Europe et n'est stoppée dans son funeste projet que lors de la victoire des Alliés à la fin de la Seconde Guerre mondiale, en 1945.

Harari souligne cependant que toutes les doctrines évolutionnistes ne sont pas racistes ou violentes. Il pense d'ailleurs que le technohumanisme qui mène à l'*Homo deus* se fera en douceur grâce au génie génétique et aux nanotechnologies et non grâce aux camps de concentration et aux génocides. Cet évolutionnisme du XXIe siècle pourrait bien cependant se baser sur une sélection riches/pauvres, les plus aisés des hommes ayant seuls les moyens d'être « améliorés »...

MARX ET LE MARXISME

Dans *Homo deus*, Yuval Noah Harari mentionne plusieurs fois l'importance de Marx dans la pensée humaine.

Karl Marx (1818-1883) est né en Allemagne dans une famille aisée. Il étudie le droit et la philosophie à l'université et, après l'obtention de son doctorat, il devient journaliste. Il rencontre Friedrich Engels (1820-1895), penseur politique comme lui, avec qui il noue une amitié intellectuelle indéfectible. Tous deux ont pour projet de transformer le monde au lieu de l'interpréter comme le font les philosophes. Marx et Engels ont une vision pragmatique de leur pensée socialiste : la théorie philosophique doit devenir une pratique révolutionnaire. Marx s'engage d'ailleurs de manière active dans des associations politiques favorables aux prolétaires comme l'Association internationale des travailleurs aussi appelée « Ire Internationale ».

Membre de la ligue des communistes fondée en 1847, Marx rédige avec Engels une œuvre militante : *Le Manifeste du Parti communiste* (1848). Les deux auteurs énoncent l'idée de lutte des classes : un rapport de forces entre les oppresseurs et les opprimés aurait toujours animé l'histoire. Au XIXe siècle, il s'exprime entre la bourgeoisie et le prolétariat. Une révolution socialiste est nécessaire et le prolétariat gagnera, la propriété privée sera abolie comme l'exploitation du travail. Dès lors, dans la vision de Marx et Engels, la société ne sera plus antagoniste, mais communiste.

Dans son autre ouvrage le plus important, *Le Capital* (1867), Marx élabore, d'une manière scientifique, une structure économique de la société. Il y dénonce l'exploitation du travail du salarié : le capitaliste gagne de l'argent – il fait du profit – parce qu'il ne rémunère pas l'ouvrier pour son travail et la valeur qu'il a apportée par son travail. Il y a une injustice sociale et économique qui ne peut être vaincue que par la révolution des salariés.

Tout au long de ses écrits, Marx développe une philosophie matérialiste de l'histoire. Il a recherché dans l'histoire les forces qui l'ont fait avancer : ce sont les façons dont les sociétés produisent les richesses, c'est-à-dire leur organisation matérielle et non les idées des hommes comme l'ont toujours pensé les philosophes. Harari reconnait là la grandeur de la pensée de Marx et la raison pour laquelle elle a traversé les siècles. La conscience des hommes est déterminée par leur existence sociale, de ce fait l'action militante permet de maitriser leur histoire.

Entre autres réflexions, le philosophe allemand voyait également dans l'Église et dans l'État des entités imaginaires ou abstraites créées par l'homme. L'auteur de *Homo deus* le rejoint sur ce point en voyant dans ces entités des fictions issues de la réalité intersubjective au même titre que l'argent ou les idéologies.

Le marxisme est la doctrine se réclamant de l'œuvre de Marx et de ses réflexions philosophiques, économiques et historiques. Le philosophe a cependant laissé à la libre interprétation certaines lacunes dans son œuvre. Il n'a pas élaboré de théorie explicite de la révolution, de même le parti communiste n'a pas été désigné clairement comme un parti politique, mais plutôt comme une association ou comme la classe des ouvriers. En ce qui concerne le régime instauré après la révolution, s'il parle de dictature du prolétariat, les principes en sont assez flous.

Ces approximations et ces manques dans ses textes ont permis aux révolutionnaires de reprendre ses idées et de les développer de manière à assoir un régime dictatorial communiste en Russie. Lénine est celui qui a théorisé un marxisme pragmatique et étatique, tout en se prévalant d'être le premier dirigeant d'une révolution marxiste effective en 1917 quand le tsarisme a été renversé. Le marxisme-léninisme a été la doctrine d'État adoptée par l'URSS, sous le despote Staline (1878-1953).

PISTES DE RÉFLEXION

QUELQUES QUESTIONS
POUR APPROFONDIR SA RÉFLEXION...

- Constatant les mouvements réactionnaires au capitalisme aveugle qui sont apparus ces dernières années (que l'on songe à la montée des partis écologistes, à l'investissement de la jeunesse dans la lutte contre le réchauffement climatique avec Greta Thunberg, etc., et au fait que Harari lui-même soit végétalien et vive dans une coopérative agricole), pensez-vous, comme l'auteur, qu'un cataclysme écologique est inéluctable ?

- La Déclaration de Cambridge reconnaissant que les mammifères possèdent des substrats de conscience a débouché sur l'adoption de lois disposant que les animaux sont des êtres sensibles. En France, cette loi a été votée en 2015 (article 515-14 du Code civil) : quel a été l'impact de cette loi sur notre société et ses mœurs ?

- Si des algorithmes peuvent remplacer les hommes dans de nombreux métiers y compris des métiers médicosociaux empathiques, peut-on affirmer, comme l'auteur, que les robots et les intelligences artificielles sauront remplacer le contact humain, l'expérience collective et les attentes des clients ? Une machine peut-elle prendre la place d'une sagefemme lors d'un accouchement ? Peut-elle enseigner le football à des poussins ? Peut-elle satisfaire les clients d'un centre de thalassothérapie ?

- L'instinct de survie pourrait-il s'imposer comme la limite au savoir-faire humain ? Pensez-vous que des lobbys comme Greenpeace, mais pour humains – voire l'État – pourraient défendre la cause de l'humanité contre les laboratoires de recherche ?

- Les réseaux sociaux, les nanotechnologies, l'intelligence artificielle envahissent notre société, réclamant plus de données personnelles, pourtant des systèmes de protection des données sont mis en place depuis peu, que ce soient des moteurs de recherche comme Qwant, ou des politiques de traitement des données imposées aux organismes, l'autorisation des cookies, etc. : cela pourrait-il neutraliser le dataïsme tant redouté par Harari ?

- L'auteur nous parle de l'hyperinformatisation des sociétés occidentales et du retard technologique des sociétés traditionnellement associées au Tiers-monde. Il oublie cependant les peuples qui vivent en dehors des temps modernes. Quel est, selon vous, l'avenir des sociétés dites primitives ?

- Dans la vision de Yuval Noah Harari, d'un point de vue philosophique, où se place la liberté de l'individu ?

- L'auteur pose comme postulat que Dieu est mort du fait des avancées de la science ; pourtant, la religion est toujours présente dans nos sociétés : du point de vue philosophique, Dieu serait un principe compréhensible par la raison, mais, du point de vue religieux, Dieu n'est-il pas une question d'amour pour ses fidèles ? La science peut-elle nier l'amour ?

- Le philosophe Paul Virilio (1932-2018) avait saisi dès les années 1970 le fait que le progrès était source de ruptures et que l'homme finirait par être dominé par la technologie : selon lui, le danger qui menaçait l'humanité était la vitesse de l'information. Comparez les théories de Virilio et de Harari.

- Le socialisme scientifique théorisé par Marx a eu pour conséquence la mise en place de régimes politiques totalitaires : analysez comment l'art a dénoncé le totalitarisme dans des œuvres comme *1984* de Georges Orwell paru en 1949, par exemple.

POUR ALLER PLUS LOIN

ÉDITION DE RÉFÉRENCE

- HARARI Y.N., *Homo Deus, Une brève histoire de l'avenir*, traduit de l'anglais par Pierre-Emmanuel Dauzat, Paris, Albin Michel, 2017.

ÉTUDES DE RÉFÉRENCE

- HARARI Y.N., site officiel, *in* www.ynharari.com, consulté le 02/11/2021, URL : https://www.ynharari.com/fr/

SOURCES COMPLÉMENTAIRES

- HARARI Y.N., *Sapiens, Une brève histoire de l'humanité*, Paris, Albin Michel, 2015.

- HARARI Y.N., *21 leçons pour le XXIe siècle*, Paris, Albin Michel, 2018.

ADAPTATIONS

- Interviews audio et vidéo, revue de presse, site officiel, *in* www.ynharari.com, consulté le 02/11/2021, URL : https://www.ynharari.com/fr/media/

Votre avis nous intéresse !
Laissez un commentaire sur le site de votre librairie en ligne
et partagez vos coups de cœur sur les réseaux sociaux !

lePetitLittéraire.fr

- un résumé complet de l'intrigue ;
- une étude des personnages principaux ;
- une analyse des thématiques principales ;
- une dizaine de pistes de réflexion.

**Retrouvez
notre offre complète sur
lePetitLittéraire.fr**

www.lepetitlitteraire.fr

ISBN version numérique : 9782808024570
ISBN version papier : 9782808024587
Dépôt légal : D/2021/12603/69

Conception numérique : Primento,
le partenaire numérique des éditeurs.